Wetter: Regen, Donner,
Blitz und Hagel
Edelstein: Türkis

Goldstrahl

Wetter: Sonnenschein
und Wärme
Edelstein: Rosenquarz

Alle Abenteuer der *Wolkenponys*:

Band 1: Das Geheimnis der Edelsteine
Band 2: Die Nacht des roten Mondes

Barbara Rose

Die Nacht des roten Mondes

Illustriert von Jutta Berend

Band 2

Ihre Meinung zählt!

Nehmen Sie jetzt an einer kurzen Elternbefragung des Loewe Verlags teil und beeinflussen Sie die zukünftige Entwicklung unserer Kinderbücher:

www.elternbefragung.online

ISBN 978-3-7432-0977-0
1. Auflage 2022

Umschlag- und Innenillustrationen: Jutta Berend
Umschlaggestaltung: Johanna Mühlbauer
Printed in the EU

www.loewe-verlag.de

Inhalt

Prolog

„Diener!" Griseo, der alte Magier im Land Lichtblau, stampft mit dem Fuß auf. „Kommt sofort zu mir!"

Nichts passiert.

Griseo erhebt sich verärgert aus dem Thronsessel. Ein paarmal hat er schon darin gesessen. Zur Probe. Seit Griseo die Königin Sisse ins Gefängnis geworfen hat, will er zum König von Lichtblau gekrönt werden! Doch um König zu werden, fehlt Griseo eine entscheidende Sache: Erst mit einer besonderen Wetter-Zeremonie und der Zustimmung der vier Wolkenponys kann er gekrönt werden. Allerdings sind die Ponys aus dem Land Lichtblau geflohen. Und Griseo hat keine Ahnung, wo sie sind. Er weiß auch nicht, wie diese

Krönungs-Zeremonie aussehen soll. Aber alles darüber steht in einem uralten Buch über die Wolkenponys und das Land Lichtblau. Dummerweise weiß Griseo auch nicht, wo sich das Buch befindet. All das ärgert den alten Magier mächtig. Wütend schreitet Griseo im Thronsaal auf und ab. Wo bleiben diese Dienstboten?

„Wie können wir dienen, Herr?" Sechs Kobolde verneigen sich vor dem alten Magier.

Griseo deutet aus dem Fenster. „Der Nebel hängt seit Tagen wie eine dicke Suppe ums Schloss. Das gefällt mir nicht. Bringt mir die Ponys!" Griseo weiß genau, wie wichtig die Wolkenponys und ihre Wettermagie für das Land Lichtblau sind. „Ich brauche den Wind, den Wirbelwind herbeizaubern kann. Und den Schnee von

Schneekristall. Genauso wie den Regen, den Silbertropfen vom Himmel fallen lassen kann. Vor allem aber will ich Goldstrahl haben. Das Pony muss mit seiner Magie für Sonnenschein sorgen. Sucht nach den Tieren!"

Mit vielen Verbeugungen ziehen sich die Kobolde zurück. „Natürlich, Herr."

Nur ein Kobold steht noch in einer Ecke und starrt nervös auf seine Hände. „Wann darf Sisse wieder aus dem Gefängnis, Herr?", fragt er schließlich. „Sie ist doch unsere Königin."

„So eine unverschämte Frage, Kobold. Und jetzt geh und such die Ponys! Oder soll ich dich in einen Regenwurm verwandeln?" Griseo hebt schon seinen Zauberstab. Wie ein Blitz saust der Diener aus dem Thronsaal.

Der Magier lacht böse. „Bald werde ich das uralte Buch der Königsfamilie finden. Ich werde die Wolkenponys zwingen, mir zu helfen. Und dann bin *ich* König im Land Lichtblau!"

Geheime Magie

Ein Hämmern und Bohren dröhnt durch das Haus von Familie Flieder. Das kirschrote Gebäude mit dem weißen Gartenzaun wird gerade renoviert. Oma Luna hat es ihrem Sohn Samu, seiner Frau Nelly und den Kindern Paula und Lotti vererbt, zusammen mit ihrem Dalmatiner Pünktchen. Allerdings sind einige Dinge im Haus nicht mehr auf dem neuesten Stand. Deshalb wird kräftig umgebaut. Und alle helfen mit.

„Lotti, reichst du mir die blaue Zange?“ Bittend sieht Samu Flieder zu seiner Tochter. „Ich bekomme diesen verflixten Nagel nicht aus dem Brett.“

Lotti wühlt im Werkzeugkasten. Pünktchen steckt den Kopf hinein.

„Pünktchen, du Nervensäge!" Lotti lacht und scheucht den Familienhund weg.

Nachdem Lotti die Zange gefunden hat, dauert es nicht lang und das Regal im Wohnzimmer ist abgebaut.

„Und was machen wir mit dem alten Kram?", will Lotti wissen.

Liebevoll wuschelt Mama Lotti durchs Haar. „Wir stellen alles in die alte Scheune am Waldrand. Dort ist genug Platz."

„Und dann kann ich die Möbel reparieren und abschleifen", ergänzt Papa.

„Äh … halloooo? Vorher musst du mir noch einen Schreibtisch bauen, Papa. Erst dann ist mein Zimmer ganz fertig", ruft Paula aus der Küche. „Und du wolltest mit mir rote Lampions basteln, damit wir mein neues Zimmer festlich beleuchten können.

Du hast versprochen, dass wir das bis zur Nacht des roten Mondes hinkriegen. Das ist schon bald!"

Papa stöhnt. „Stimmt. Ich hab's versprochen."

„Ihr … ihr wollt die Möbel in der Scheune unterstellen?" Lotti bekommt vor Aufregung einen Schluckauf. *„Hicks!* Heute noch? *Hicks-hicks?"*

„Nicht heute noch, sondern *jetzt."* Mama packt die Teile des Regals. „Komm schon, Lotti, fass mal mit an."

Angespannt schnappt sich Lotti auch ein paar Regalteile und läuft Mama hinterher.

Papa und Mama wissen nicht, dass Lotti vier Ponys in der Scheune untergebracht hat. Noch dazu vier *magische* Ponys!

Auf dem Weg zur Scheune plappert sie daher extralaut mit ihrer Mama. *Hoffentlich hören uns die Ponys und verstecken sich!,* denkt sie.

Mama rüttelt am Scheunentor. „Das Tor ist völlig vereist und lässt sich nicht öffnen. Mitten im Sommer?"

Lotti ahnt, wer hinter der Wettermagie steckt.

„Verflixt, ich bekomme das Tor wirklich nicht auf", sagt Mama. „Seltsam. War es heute Nacht denn so kalt?" Sie zuckt mit den Schultern. „Na, dann kommen wir später wieder. Vielleicht ist das Schloss ja bis dahin aufgetaut."

Kaum zurück im Wohnzimmer, kratzt Lotti sich nachdenklich am Kopf. „Ähm … ich muss noch Wirbelwind füttern. Das … äh … habe ich Herrn Stiefel versprochen."

Herr Stiefel ist der Besitzer des Sonnenhofs, eines Pferdehofs mit großen Weiden. Auf einer davon hat Lotti Wirbelwind kennengelernt. Das hellbraune Pony hat auf der Stirn eine weiße Blesse, die wie ein Stern aussieht. Und in einem seiner Hufe steckt ein brauner Edelstein, mit dem es zaubern kann.

Anfangs wusste Lotti nicht, dass das Tier ein magisches Wolkenpony ist. Aber Wirbelwind hat sich sofort mit Lotti angefreundet und ihr von seinem Zuhause erzählt: dem Land Lichtblau, aus dem er fliehen musste. Den Rest hat Lotti dann aus einem uralten Buch erfahren. Oma Luna hatte es ihr vererbt. Zwischen den Seiten war ein zierliches Armband mit bunten Edelsteinen versteckt. Einer ist kristallweiß, einer blassrosa, einer türkis und der vierte genauso braun wie der Edelstein in Wirbelwinds Huf.

Lotti zupft an Papas Hose. „Darf ich zum Sonnenhof?"

„Geh schon", sagt Mama. „Aber es gibt bald Mittagessen. Und danach geht der Umbau weiter!"

Wie der Wind saust Lotti los. Aus der Küche schnappt sie sich eine Handvoll Möhren und vier Äpfel. Allerdings läuft sie nicht zum Sonnenhof. Heimlich schleicht Lotti in die entgegengesetzte Richtung: zur Scheune der Familie Flieder. Dort zieht sie problemlos das große Tor auf … *knarz!* … und steckt den Kopf in die Scheune.

„Hallo, Ponys!", flüstert sie.

„Du bist es, Lotti!" Wirbelwind taucht hinter ein paar Strohballen auf. „Ich habe dich vermisst."

„Ich dich auch", flüstert Lotti. „Sagt mal, habt ihr gerade den kleinen Eiszauber an der Tür veranstaltet?"

Schneekristall, die weiße Ponystute, kommt hinter einem Regal hervor. Erleichtert schüttelt sie Schweif und Mähne. „Ich hatte solche Angst, dass uns jemand entdeckt."

„Wir haben uns die ganze Zeit gut verborgen", erklärt Wirbelwind. „Und dann haben wir gehört, wie du mit deiner Mama zur Scheune gelaufen bist. Was für ein Schreck!"

Lotti nickt. „Wie gut, dass Schneekristall das Türschloss vereist hat." Lotti kann die Furcht der vier magischen Ponys gut verstehen. Immerhin sind sie auf der Flucht! Sisse, die Königin im Land Lichtblau, wollte nach dem Tod ihres Vaters nur noch Sonnenschein haben – und dafür brauchte sie nur Goldstrahl. Wirbelwind, Schneekristall und Silbertropfen wurden auf die Schroffe Insel verbannt. Wirbelwind konnte zum Glück vorher fliehen. Durch einen besonderen Zauber gelangte er nach Wetterstein, zu Lotti. Und gemeinsam befreiten sie seine drei Geschwister aus dem Land Lichtblau. Seither kümmert sich Lotti um die Ponys.

„Hast du Futter mitgebracht?" Goldstrahl schnuppert an Lottis Hand.

„Wasser ist auch keins mehr da“, stellt Silbertropfen fest. „Kannst du welches besorgen? Ich könnte es ja regnen lassen, aber damit würde ich wohl die Scheune unter Wasser setzen.“ Zum Beweis fallen ein paar kleine Tropfen aus einer Wolke, die sich über Lottis Kopf gebildet hat.

Lotti lacht und wischt sich den Regen aus dem Gesicht. „Ist ja gut, hör schon auf, Silbertropfen!“

Mit einem Eimer holt Lotti Wasser aus dem nahen Bach. Dann fischt sie aus ihrer Umhängetasche die Äpfel und reicht jedem Pony einen. Die Karotten legt sie mit einer Portion Heu auf den Boden. Dabei fällt ihr auf, dass nur noch ein Ballen Heu in der Scheune liegt. Lotti seufzt.

„Was ist?“ Wirbelwind schlägt mit dem Schweif. Ein Grashalm wirbelt vor Lottis Gesicht durch die Luft.

Lotti pustet ihn lächelnd weg. „Ihr seid so viele, Wirbelwind. Und ihr habt ständig Hunger. Ich weiß gar nicht, wie ich solche Futtermengen für euch heranschaffen soll."

Sie senkt den Blick. „Und meine Eltern brauchen die Scheune. Sie wollen alte Möbel hier unterbringen. Vorhin wollte meine Mama schon einige Regalbretter hier abstellen!"

Die vier Ponys sehen sich bestürzt an.

„Wenn deine Eltern die Scheune nutzen wollen, müssen wir verschwinden", gibt Wirbelwind zu bedenken.

Lotti zuckt mit den Schultern. „Aber wohin? Nach Lichtblau könnt ihr nicht. Die Pforte des Windes ist verschlossen, hat der Zausel gesagt."

Zausel ist der Wächter der Pforte zum Land Lichtblau. Seit Griseo die Macht übernommen hat, darf er keinen mehr durchlassen.

Eine Weile herrscht Stille in der Scheune.

Dann hebt Silbertropfen den Kopf. Er tänzelt auf

dem Scheunenboden hin und her und wiehert vergnügt. „Ich hab's! Wir probieren es mit dem Schrumpfzauber!"

„Schrumpfzauber?", wiederholt Lotti wie ein Echo.

„Genau." Silbertropfen nickt. „Er steht in dem Buch, das Oma Luna dir hinterlassen hat. Mit diesem Zauber werden wir winzig klein und brauchen nur wenig Futter. Du könntest uns sogar in deinem Zimmer unterbringen."

„Die Idee ist genial." Wirbelwind schnaubt laut. „Aber ich sollte auf dem Sonnenhof bleiben. Mein Fehlen würde auffallen. Und so kann ich mit Lotti immer wieder zur Pforte des Windes traben. Wir brauchen Neuigkeiten aus unserem Land. Und wir müssen Sisse aus dem Gefängnis befreien!"

Lotti lacht. „Ein guter Plan! Ich hole das Buch. Und mein Armband."

Mit dem Armband hatte Oma Luna ihrer Enkelin auch einen Brief hinterlassen. Darin stand:

Für meine kleine Lotti. Von Oma Luna.
Trage dieses Armband, so oft es geht.
Es eröffnet dir neue Welten! Und denk immer daran: Vier Edelsteine bringen Zauberkraft, acht Edelsteine besitzen mehr Magie als vier.

Von Wirbelwind hatte Lotti dann erfahren, dass ihre Oma Luna selbst aus Lichtblau stammte. Luna war die Schwester von Sisses Vater, dem Zauberer Oron. Weil sich Luna aber in einen Menschen verliebte, musste sie das Land verlassen. Doch ihre Kraft und Magie gingen nie verloren. Mit ihrem magischen Armband übertrug sich beides auf ihre Enkeltochter Lotti.

An der Scheunentür dreht sich Lotti noch einmal zu den Ponys um. „Versteckt euch! Ich bin bald wieder da."

Komische Veränderungen

Erst am Nachmittag kann Lotti die Ponys in der Scheune wieder besuchen. Das dicke, in Leder gebundene Buch von Oma Luna klemmt unter ihrem Arm, am Handgelenk baumelt das magische Armband.

„Ich habe den Schrumpfzauber tatsächlich gefunden", ruft Lotti den Wolkenponys zu. „Auf einer Seite mit Zaubersprüchen. Komisch, die hatte ich vorher nie gesehen."

Goldstrahl wiehert belustigt. „Das konntest du auch nicht. Diese Seite hat sich erst geöffnet, als wir dir von dem Zauber erzählt haben. Es ist eine geheime Seite. Sonst könnte ja jeder alles über die Zaubersprüche und geheimen Zeremonien im Buch lesen."

Silbertropfen schaut seine Geschwister an. „Eins müsst ihr wissen: Der Schrumpfzauber darf nicht zu lange andauern. Wir sollten zwischendurch immer wieder unsere normale Größe annehmen. Sonst bleiben wir für immer winzig.“

Lotti schlägt das Buch auf. „Ihr müsst eure Hufe zusammenstellen. Und dann spreche ich den Zauberspruch.“

Silbertropfen, Schneekristall und Goldstrahl stellen sich im Kreis auf. Ihre Hufe mit den Edelsteinen berühren sich.

„Du sollst klein, kleiner, winzig werden. Wolkenponys zu Minipferden“, liest Lotti.

Ein Funkenregen sprüht aus den Ponyhufen. Dichter Nebel hüllt die Ponys ein.

Als er sich verzieht, muss Lotti laut losprusten. Die Ponys sind noch immer so groß wie vorher. Nur die

Beine sind geschrumpft. Das sieht zu komisch aus! Wirbelwind wedelt vor Vergnügen mit dem Schweif.

„Was ist passiert?" Schneekristall tänzelt nervös im Kreis.

„Beruhige dich", erklärt Silbertropfen. „Lasst es uns noch einmal probieren."

Wieder halten die drei Tiere ihre Hufe aneinander. Wieder liest Lotti: *„Du sollst klein, kleiner, winzig werden. Wolkenponys zu Minipferden."*

Diesmal ist die Verwandlung noch lustiger: Die Körper von Silbertropfen, Schneekristall und Goldstrahl sind gleich geblieben. Ihre Köpfe dagegen sind geschrumpft.

Wirbelwind scharrt mit den Hufen. „Wie seht ihr denn aus?"

Silbertropfen stampft wütend auf und löst damit ein Donnergrollen aus. „Irgendwas stimmt nicht. Der Zauberspruch ist richtig, alles passt …"

„Vielleicht stimmt etwas nicht mit euren Hufen?"

Lotti kniet sich auf den staubigen Boden. Aufmerksam betrachtet sie die Hufe der drei Ponys. Und da sieht sie es! „Oje, Goldstrahl! Aus deinem Edelstein ist ein Stückchen herausgebrochen. Wahrscheinlich behindert das den Zauber."

Ruckartig zieht Goldstrahl ihr Bein zurück und wedelt mit dem Schweif. Ein Schwall heiße Luft schwappt in Lottis Richtung. „Lasst mich." Schnaubend zieht sich das Pony zurück.

Lotti sieht Hilfe suchend zu Wirbelwind. „Was ist mit ihr?"

Wirbelwind prustet sanft. „Bestimmt mag sie es nicht gern, wenn man sie berührt. Das erinnert sie daran, wie Griseos Diener sie eingefangen haben."

„Und natürlich ist es schlimm, wenn keine Magie aus einem unserer Hufe fließt", ergänzt Silbertropfen mitfühlend.

In diesem Moment hat Lotti eine Idee. Die Worte ihrer Oma Luna kommen ihr wieder in den Sinn:

Vier Edelsteine bringen Zauberkraft. Gedankenverloren betrachtet Lotti die Steine an ihrem Armband. Braun, kristallweiß, blassrosa und türkis sind sie. Genau wie die Steine der Wolkenponys.

Lotti geht langsam auf Goldstrahl zu. Doch je näher Lotti ihr kommt, desto mehr weicht das Pony zurück. Goldstrahl legt die Ohren flach an. Sie möchte auf keinen Fall, dass Lotti ihren Huf berührt. Das sieht und spürt Lotti.

„Ich verstehe, dass das komisch für dich ist." Lotti seufzt. „Vertraust du mir nicht?"

Eine Weile tänzelt Goldstrahl nervös auf der Stelle. Schließlich streckt sie ihr den Huf mit dem Rosenquarz entgegen. Der helle Edelstein wirkt stumpf und trüb. Wieder geht Lotti vorsichtig in die Knie. Ihr Herz klopft wie eine Trommel.

„Bitte tu mir nicht weh", wispert Lotti.

Goldstrahl scheint ihre Anspannung zu spüren.

„Du hast genauso viel Angst wie ich", flüstert das Pony. „Tut mir leid, ich werde stillhalten."

Erleichtert hebt Lotti das Armband an Goldstrahls Huf. Mit ihrem Edelstein reibt sie am Edelstein des Ponys. Rosenquarz trifft auf Rosenquarz.

„Ich spüre etwas", flüstert Goldstrahl.

Lotti schaut genau hin: Der Edelstein im Huf des Ponys ist wieder ganz und strahlt hell und rein.

„Danke, Lotti", seufzt Goldstrahl. „Ich werde nie wieder an deiner Freundschaft zweifeln."

Vor Glück könnte Lotti beinahe platzen. „Dann versuchen wir es noch einmal mit dem Schrumpfzauber, oder?"

Erneut liest Lotti den Zauberspruch aus dem Buch ihrer Großmutter vor. Und diesmal klappt alles! In einem Funkenregen werden Schneekristall, Silbertropfen und Goldstrahl klein wie Spielfiguren.

Mit den drei Ponys in ihrer Tasche begleitet Lotti Wirbelwind zurück auf den Sonnenhof. Nachdem sie ihn gestriegelt und frisches Heu für ihn geholt hat, will sie sich auf den Weg nach Hause machen. In diesem Moment kommt Herr Stiefel zu Wirbelwinds Box. „Lotti, ich muss dir etwas sagen." Er macht ein bedrücktes Gesicht. „Ich konnte nicht herausfinden, wer Wirbelwinds Besitzer ist. Und für unsere Reitschüler ist er nicht geeignet. Darum werde ich ihn verkaufen."

Lotti stockt der Atem. „Sie wollen … was??" Mit einem Blick auf Wirbelwind sieht sie, dass das Pony wie erstarrt ist.

Rieke taucht neben Herrn Stiefel auf. „Ich mag Wirbelwind auch. Aber keiner hat Lust, auf ihm zu reiten. Er ist zu wild. In zwei Tagen ist das große Tannenwald-Rennen. Da nehmen Pferde und

Ponys aus der ganzen Umgebung teil. Es gibt sogar ein gutes Preisgeld. Wenn man Wirbelwind dort einsetzen könnte! Aber …"

„Wirbelwind ist ein tolles, ungewöhnliches Pony", sagt Herr Stiefel versöhnlich. „Aber ein Pferdehof ist kein Spielplatz, sondern ein Unternehmen. Ich muss mit meinen Tieren Geld verdienen. Wirbelwind wird verkauft."

„Das können Sie nicht machen", platzt es aus Lotti heraus.

„Tut mir leid, Lotti. Es ist beschlossen. Ich kann ihn nicht durchfüttern." Damit wendet er sich ab und läuft eilig aus dem Stall.

Lotti nimmt all ihren Mut zusammen. „*Ich* könnte doch mit Wirbelwind das Rennen reiten", sagt sie zu Rieke.

Rieke kichert. „Quatsch! Das ist ein schwieriger Parcours mitten durch den Wald. Den schaffen nur erfahrene Reiter."

„Dann frage ich eben Herrn Stiefel", brummt Lotti.

„Vergiss es", meint Rieke. Sie wirft Lotti noch einen strengen Blick zu. Dann packt sie eine Mistgabel und läuft damit zu ihrem Lieblingspferd Sultan, mit dem Rieke am Rennen teilnehmen will.

„Oh, Wirbelwind", flüstert Lotti und schlingt die Arme um seinen Hals. Sie spürt, dass Wirbelwind sehr bekümmert ist.

„Geh nach Hause, Lotti", wispert er. „Ich muss überlegen, was jetzt passieren soll."

Traurig kehrt Lotti nach Hause zurück, stellt die Miniponys ins Bücherregal und legt eine winzige Menge Futter dazu.

„Lass den Kopf nicht hängen", flüstert Goldstrahl ihr zu.

„Wir finden sicher noch eine Lösung", meint Silbertropfen.

Schneekristall wedelt mit dem Schweif ein paar zarte Kristallsternchen über Lottis Kopf. „Alles wird gut!"

Zauberhafte Pflanzen

Am nächsten Morgen wacht Lotti früh auf. Als Erstes sieht sie nach den kleinen Ponys. Zufrieden beobachtet sie, wie die Tierchen an einer Karotte knabbern.

Dann schleicht Lotti heimlich aus dem Haus und läuft auf den Sonnenhof. Heute will sie mit Wirbelwind noch einmal prüfen, ob die Pforte des Windes wieder offen ist. Wie gewohnt wartet ein kräftiger Kerl mit dicker Knubbelnase, behaarten Händen und einem breiten Mund an der Pforte. Der Zausel. Von ihm wissen Lotti und die Wolkenponys auch, dass Griseo die Macht im Land Lichtblau übernommen hat. Und dass er Königin Sisse in den Kerker geworfen hat.

„Ist die Pforte wieder geöffnet?“, fragt Lotti.

„Nein", sagt der Zausel. „Griseo sein wachsam, Griseo sein böse. Schimpfen den Zausel, wenn er lassen Leute durch. Tut so leid dem Zausel."

Lotti nickt. „Du kannst nichts dafür, Zausel."

„Schlimme Dinge passieren im Land Lichtblau. Und vielleicht auch bald mit mir …", stellt Wirbelwind bebend fest. „Wir können nicht ewig warten."

Es gibt also noch immer keine Möglichkeit, um Sisse zu befreien. Keine Möglichkeit, um Griseo aufzuhalten. Und dazu soll Wirbelwind verkauft werden. Was für ein Unglück!

Als Lotti am nächsten Morgen einen Blick auf die drei geschrumpften Ponys wirft, stutzt sie. Komisch, die Tiere sehen auf einmal so mager aus und ihr Fell wirkt stumpf. „Hey, ist alles in Ordnung? Ihr seht irgendwie nicht ganz … gesund aus, finde ich."

„Kein Wunder.“ Silbertropfen schlägt mit dem Schweif. „Wir können uns hier kaum rühren.“

Goldstrahl nickt. „Ein bisschen Auslauf wäre schön.“

„Kein Problem!“ Lotti hebt die Ponys aus dem Regal und setzt sie auf den Teppich. „Rennt los, hier stört euch niemand. Ich bin bald wieder da!“

Auf diesen Tag hat sie sich schon lange gefreut. Am Nachmittag dürfen Lotti und Paula ganz allein einen Tisch und ein paar Stühle anstreichen. Mama und Papa haben die Möbel schon auf eine Plastikfolie auf die Wiese im Garten gestellt. Farben und Pinsel liegen bereit.

Paula rührt blaue und weiße Farbe zu einem himmlischen Ton zusammen.

Lotti legt mit dem Tisch los. Sie entscheidet sich für Gelb. Die Farbe leuchtet wie purer Sonnen-

schein. Lotti und Paula tupfen und rühren und malen. Sie streichen den Tisch und drei Stühle an. Danach haben sie blaue, rote und gelbe Kleckse in den Haaren und auf ihren Kitteln.

„Das habt ihr super gemacht", lobt Mama. „Aber jetzt ab ins Badezimmer! Ihr seht aus wie Pünktchen!"

Es ist schon Abend, als Lotti wieder zu den Miniponys kommt. Schneekristall, Silbertropfen und Goldstrahl sehen müde und schlapp aus.

Geschockt kniet sich Lotti auf den Boden und sieht die drei Miniponys an. „Was ist los mit euch? Heute Morgen habt ihr auch schon krank ausgesehen. Habt ihr zu wenig Futter? Braucht ihr mehr Wasser?"

„Das ist es nicht", sagt Silbertropfen mit matter Stimme.

Goldstrahl wiehert kraftlos. „Um den Schrumpfzauber aufrechtzuerhalten, brauchen wir viel Energie. *Magische* Energie! Und die bekommen wir nur von einer ganz bestimmten Pflanze."

„Ach so!" Lotti lacht. „Gar kein Problem. Was ist das denn für eine Pflanze? Ich pflücke sie gleich morgen."

Die Ponys sehen sie traurig an.

„Sie wächst nicht in Wetterstein", erklärt Schneekristall. „Diese Pflanze wächst gar nicht in deiner Welt, Lotti. Den Blinkerling gibt es nur im Land Lichtblau."

„Oh", meint Lotti. „Das ist … äh … schwierig."

„Blinkerlinge wachsen nur an einem einzigen Ort", erklärt Silbertropfen. „Auf der Schimmerlichtung, gleich hinter der Pforte zu unserer Welt."

Lotti stemmt die Hände in die Hüften. „Warum sagt ihr mir das erst jetzt? Ihr wusstet doch schon vorher, dass ihr diese Pflanze braucht!"

„Ein paar Tage halten wir es schon noch aus", versucht Silbertropfen sie zu beruhigen.

Goldstrahl schickt mit einem kurzen Wedeln ihres Schweifs einen Sonnenstrahl auf Lottis Nase. „Wir wollten dich nicht bekümmern. Du tust schon so viel für uns! Und außerdem … Die Pforte des Windes ist sowieso geschlossen."

„Na und?", erwidert Lotti energisch. „Dann machen wir sie einfach auf! Irgendwie wird das klappen. Es muss einfach!"

Warmes Licht

Unruhig wälzt sich Lotti an diesem Abend im Bett hin und her. Die Miniponys gehen ihr nicht aus dem Kopf. Wie kann sie ihnen nur helfen? Lotti fällt einfach keine Lösung ein.

In dieser Nacht träumt sie von ihrer Oma.

„Lotti, kleine Lotti", flüstert Oma Luna ihr zu. „Ich bin so stolz auf dich. Du hast die Wolkenponys befreit und kümmerst dich um sie. Du hast die Pforte des Windes gefunden. Und jetzt wirst du auch die Lösung dieses Problems entdecken." Oma Luna winkt. „Du brauchst nichts weiter als dein zauberhaftes Lachen, deinen Verstand und …"

Schlagartig ist Lotti wach. Was hatte Oma Luna damals gesagt, als sie das erste Mal in Lottis Traum erschienen war? *Mein Buch … mehr brauchst du nicht*. Natürlich! Warum ist sie nicht gleich darauf gekommen? Auf nackten Füßen schleicht Lotti zum Regal und nimmt das Buch von Oma heraus.

Jede Menge handschriftliche Anmerkungen stehen auf den Seiten. Die meisten kennt Lotti schon. Dann fällt ihr ein Absatz ins Auge …

„Ist die Pforte des Windes verschlossen, so warte auf die Nacht des roten Mondes. In dieser Nacht kann kein Bann, kein Wärter den Eingang verriegeln", entziffert Lotti wispernd Oma Lunas Schrift.

„Die Nacht des roten Mondes", flüstert Lotti vor sich hin. Na klar! Paula hat mit Papa ausgemacht, dass bis zu diesem Zeitpunkt ihr Zimmer fertig sein soll. Und die Nacht des roten Mondes ist morgen!

Lotti denkt an den bösen Magier Griseo. An seine Kobolde. An Königin Sisse, die im Gefängnis sitzt. Schon der letzte Besuch im Land Lichtblau war gefährlich. Vielleicht könnte ein anderer das Kraut holen? Jemand, der mutiger ist als Lotti. Und stärker.

„Lotti!", hört sie da eine Stimme neben sich. Als sie die Nachttischlampe anknipst, steht Goldstrahl vor ihrem Bett. „Bedrückt dich etwas?"

Lotti hebt das Pony auf ihr Kopfkissen und sofort spürt sie eine wunderbare Wärme. Helle Strahlen fallen auf ihr Gesicht, als würde die Sonne scheinen.

„Möchtest du mir erzählen, was du auf dem Herzen hast?"

Mit stockender Stimme erzählt Lotti schließlich von ihrem Traum und von der Nacht des roten Mondes.

Goldstrahl hebt den Kopf und blickt Lotti an. Lotti schaut zurück. Direkt in die sanften Murmelaugen des Ponys.

„Wirbelwind ist nicht der Einzige von uns, auf den du dich verlassen kannst", flüstert Goldstrahl. „Auch ich bin immer für dich da. Meine Geschwister und ich wären dir unendlich dankbar, wenn du für uns Blinkerling besorgst. Allein schafft es keiner von uns. Aber mit dir, Lotti, wird es gelingen. Wir beide werden diese Reise morgen gemeinsam machen. Ich kann dich mit meiner Kraft schützen."

Goldstrahl prustet dem Mädchen sanft ins Gesicht. Lotti spürt das warme Leuchten und die Freundlichkeit, die von dem Pony ausgehen. Ihre Atemzüge werden ganz ruhig und schließlich schlummert Lotti ein.

Als sie am Morgen erwacht, fühlt sie sich frisch und erholt. Auf dem Kopfkissen neben ihr schläft Goldstrahl und atmet leise. Auch Silbertropfen und Schneekristall schlafen noch, als Lotti zum Frühstück nach unten geht.

„Ach, auch schon wach?", wird sie von ihrer Schwester Paula begrüßt. „Papa und Mama sind schon los zum Einkaufen. Heute darfst du mein Königreich besichtigen."

Paula hat Lotti verboten, ihr Zimmer zu betreten,

bis es fertig ist. Sie will es heute Abend feierlich präsentieren.

Lotti schnappt sich ein Brötchen. „Gefällt esch dir jetscht doch in Oma Lunasch Haus?", nuschelt sie kauend.

„Blöde Nuss!" Paula streckt ihr die Zunge heraus.

Lotti blinzelt die Schwester an. „Können wir noch zu Wirbelwind, bis Papa und Mama wieder da sind?"

Paula nickt. „Klar. Ich hole Pünktchen." Noch immer trägt Paula ihre Schiene. Sie hatte einen Reitunfall und das Laufen fällt ihr noch schwer. Reiten geht noch gar nicht.

Lotti macht nur einen kurzen Abstecher zu Wirbelwind und erzählt ihm von ihrem Vorhaben mit Goldstrahl.

Wirbelwind sieht Lotti zärtlich an. „Goldstrahl

passst gut auf dich auf. Und morgen erzählst du mir alles."

Lotti nickt. „Das mache ich. Bis morgen, Wirbelwind."

Glücklich flitzt Lotti zurück zu Paula und Pünktchen. Beide warten am Tor auf sie.

„Jetzt will ich endlich dein Zimmer sehen!", ruft Lotti.

Den Rest des Tages hat Lotti gar keine Zeit mehr, um über ihre Reise ins Land Lichtblau nachzudenken. Papa und Mama haben ein Picknick vorbereitet und eine Schnitzeljagd, die am Abend in Paulas neuem Zimmer endet. Die roten Lampions tauchen es in ein wunderbares Schummerlicht. Durchs Fenster kann man den Mond sehen, der hellrot leuchtet. Eine geheimnisvolle Stimmung liegt über allem.

Als es Schlafenszeit wird, verabschiedet sich Lotti gähnend ins Bett. Dort bleibt sie allerdings nicht lange, nur für den Gutenachtkuss von Mama. Lotti hat nämlich noch etwas vor! Klammheimlich und mit Goldstrahl in der Tasche huscht sie zur alten Scheune. Der Mond wirft ein warmes, rotes Licht auf die Umgebung. Wie dunkle Riesen sehen die Bäume aus. Ihre Zweige sind lange Finger, die nach Lotti greifen.

lässt alles in einem anderen Licht erscheinen. Doch Lotti fürchtet sich nicht. Ihr Herz ist noch voll vom Familienglück des Tages.

„Ich spüre, dass es dir gut geht", erklärt Goldstrahl. „Dann kannst du mich jetzt wieder verwandeln."

Mit einem Spruch aus Oma Lunas Buch zaubert Lotti Goldstrahl wieder in ihre normale Größe. Das Pony schüttelt sich, scharrt mit den Hufen, dehnt jeden Muskel. „Es kann losgehen, Lotti."

Gestreckter Galopp

Auf einmal wird Lotti mulmig zumute. Lotti ist noch nie auf Goldstrahl geritten. Und so viele Reitstunden hat sie bisher auch noch nicht gehabt.

„Steig einfach auf das Gatter vom Zaun dort drüben. Von dort lässt du dich auf meinen Rücken gleiten", schlägt Goldstrahl vor.

Lotti sieht das Pony unsicher an.

„Hab keine Angst!" Goldstrahl spürt Lottis Unbehagen.

Schließlich klettert Lotti auf den Zaun am Ende des Familiengartens. Als Goldstrahl neben ihr steht, steigt Lotti geschickt auf ihren Rücken.

„Dann kann es losgehen." Ein-, zwei-, dreimal wedelt das Pony mit seinen Ohren. Sofort ist Lotti in warmes Licht gehüllt. „Jetzt bist du geschützt."

Zielsicher schreitet Goldstrahl auf eine Stelle in der Heckenrose hinter der Scheune zu. Wie auf ein geheimes Kommando zieht die Pflanze ihre Stacheln ein.

Lotti kann schon den Windzug spüren und das Rauschen hören.

„Die Pforte des Windes", wispert sie. „Wo ist der Zausel?"

Goldstrahl läuft weiter. „Sieh doch! Und hör mal genau hin."

In dem Tunnel aus duftenden Blüten liegt jemand zusammengerollt auf dem Boden. Ein Kerl mit dicker Knubbelnase, haarigen Händen und einem breiten Mund. Der Zausel! Er schläft und schnarcht so laut, dass die Blütenblätter auf und ab wippen. Lotti kichert.

Goldstrahl geht nun vom Schritt in einen leichten Trab über.

Lotti beugt sich nach vorn und umschlingt den Ponyhals mit ihren Armen. So ist sie Goldstrahl ganz nah. Am Ende des Tunnels erstreckt sich die große Wiese, die Lotti schon von ihrem ersten Besuch im Land Lichtblau kennt. Suchend hält Lotti Ausschau nach den blassrosa Blumen. Doch das Gras ist gelb, der Boden trocken. Blumen gibt es gar keine mehr.

„Hier fehlt mein Bruder Silbertropfen. Und der Regen, den er schicken kann", erklärt Goldstrahl.

„Ich sehe auch keine Schwinggleiter", stellt Lotti fest. Sie mag die schimmernden Insekten, die wie Libellen aussehen. Normalerweise wippen sie auf den Blütenblättern.

„Wir holen den Blinkerling und reiten dann schnell zurück", flüstert Goldstrahl.

Nach einer Wegbiegung wird das Pony langsamer. Lotti richtet sich auf und blickt nach vorn.

Was für eine Überraschung!

Die Lichtung sieht aus, als würden Hunderte von

Leuchtkäfern auf dem moosigen Boden sitzen. Es glitzert, blinkt und leuchtet überall. Aber das Schönste sind die hoch aufgeschossenen, silbernen Blumen. Ihre zarten Kelche sind geschlossen und wiegen leicht im Wind hin und her. Feine Tautropfen hängen wie Perlen daran.

Lotti gleitet von Goldstrahls Rücken. „Sind diese silbernen Blumen die Blinkerlinge?"

„Blinkerlinge sind eigentlich keine Blumen, sondern Kräuter mit magischen Kräften", erklärt Goldstrahl. „Pflück, so viel du kannst. Ich passe auf."

Vorsichtig bricht Lotti einen Stängel nach dem anderen ab und steckt die Blumen in ihre Tasche. Dabei tanzen winzige Nachtfalter um sie herum. Pastellfarbene Käfer setzen sich auf ihre Schulter. Plötzlich hört Lotti Rufe und das Getrappel von Hufen. Entsetzt sieht sich Goldstrahl um. Ein Trupp von Kobolden marschiert auf die Lichtung zu, angeführt vom bösen Griseo!

„Ergreift das Sonnentier, los!", brüllt der Magier aufgeregt.

Eifrig rennen die Kobolde auf Goldstrahl zu.

„Schnell, Lotti, öffne den Kelch eines Blinkerlings. Und dann streust du das schützende Pulver über dich!"

Mit fliegenden Fingern folgt Lotti den Anweisungen. Feiner Silberstaub landet auf ihrer Nase und klebt in ihren Haaren.

„Gut“, lobt Goldstrahl. „Steig auf, wir müssen fliehen!“

Lotti stopft das restliche Kraut in ihre Umhängetasche. Zitternd klettert sie auf Goldstrahls Rücken, während die Kobolde auf sie zustürmen. Ganz fest schlingt Lotti die Arme um ihr magisches Pony.

„Das Pulver des Blinkerlings wird dich schützen“, sagt Goldstrahl. „Vertrau mir.“

Lotti spürt, wie Goldstrahl ihr Gewicht auf die Hinterbeine verlagert. Schwungvoll und kräftig reißt das Tier die Vorderbeine nach oben. Goldstrahl steigt und zeigt den Gegnern trotzig ihre Anmut und ihren Stolz.

Seht her! Ich bin unbezähmbar und stark!, soll das heißen.

Und genauso fühlt sich auch Lotti in diesem Moment.

„Ergreift sie endlich!", kreischt Griseo.

Doch Goldstrahl stürmt bereits im Galopp zurück zur Pforte des Windes. Ein scharfer Luftzug pfeift Lotti um die Ohren. Aber zu ihrem Erstaunen macht ihr das Tempo gar nichts aus. Lotti bewegt ihren Körper instinktiv und rhythmisch mit dem von Goldstrahl. Eine Weile hören sie noch das Trampeln der Kobolde und die Schreie Griseos hinter sich. Doch als die beiden Freunde die Pforte und den Tunnel aus Blüten erreichen, herrscht auf einmal Stille. Nur das Schnarchen des Zausel ist zu hören.

Goldstrahl verlangsamt das Tempo, bleibt schließlich stehen und dreht ihren Kopf zu Lotti. „Wir haben es geschafft, Lotti. *Du* hast es geschafft! Wie gut, dass uns die Kobolde nicht in die Menschenwelt folgen dürfen. Eine uralte Anweisung von König Oron."

Fiese Täuschungen

Am nächsten Tag eilt Lotti zu Wirbelwind, um ihm alles zu erzählen. Vorher steckt sie die nun wieder winzig kleine Goldstrahl behutsam in ihre Tasche. Sie will unbedingt, dass das Pony beim Gespräch dabei ist. Am Abend haben Silbertropfen, Schneekristall und Goldstrahl noch eine große Portion Blinkerling bekommen. Lotti konnte zusehen, wie die Miniponys zu Kräften kamen.

„Hallo, kleine Lotti", flüstert Wirbelwind und schnaubt leise.

„Ach, Wirbelwind!" Lotti krault das Pony am Hals. Sie spürt die große Sorge, die ihn bedrückt. „Sei nicht traurig, bestimmt wird uns noch einfallen, wie …"

In diesem Moment regt es sich heftig in Lottis

Tasche. Goldstrahl! Als Lotti das Minipony herausholt, sprudelt Goldstrahl los: „Wirbelwind, ich weiß, wie du nicht verkauft wirst. Du musst am Tannenwald-Rennen teilnehmen!"

„Aber … das ist doch nur etwas für geübte Reiter." Wirbelwind senkt den Blick. „Das hat Rieke gesagt."

Goldstrahl wiehert energisch auf Lottis Handfläche. „Lotti reitet wie der Teufel. Ich bin mit ihr durch das halbe Land Lichtblau galoppiert. Sie ist eine wunderbare Reiterin!"

Lotti schüttelt den Kopf. „Das war doch nur wegen diesem Blinkerling. Das Pulver hat mich geschützt."

Wirbelwind sieht Goldstrahl verwundert an. „Das kann nicht sein. Blinkerling wirkt nur bei Wesen aus dem Land Lichtblau." Er stupst sie mit der Schnauze an.

„Oh, das hatte ich ganz vergessen", erklärt Goldstrahl und zwinkert Wirbelwind verschwörerisch zu.

Lotti verschluckt sich fast. „Was?"

„Tja, du bist wohl doch ein Naturtalent", meint Wirbelwind. „Wir machen das Rennen."

Goldstrahl wiehert. „Sprich mit deinen Eltern, Lotti, und dann melde euch bei Herrn Stiefel an."

Wirbelwind prustet vergnügt. „Aber vorher erzählt ihr mir ganz genau, was im Land Lichtblau passiert ist!"

Angespannt scharrt Sultan mit den Hufen. Und Rieke blitzt Lotti finster an. „Ihr habt keine Chance!"

Mit einem Dutzend anderer Reiter stehen Lotti und Rieke am Startpunkt des Tannenwald-Rennens. Ein schmaler Pfad führt zwischen Kiefern und dichten Brombeerhecken tief ins Gehölz.

„Ich habe im Wald Hinweisschilder aufgestellt", ruft Herr Stiefel, der Rennleiter. „Sie zeigen euch den Weg. Am Ende kommt eine Sprintstrecke über eine Wiese. Da könnt ihr Gas geben."

„Das mit dem *Gasgeben* habe ich Mama und Papa aber nicht erzählt", flüstert Lotti Wirbelwind ins Ohr. „Sonst hätten sie nie erlaubt, dass ich hier mitreite."

Lottis Eltern und Paula sind nicht beim Rennen dabei. Sie haben einen wichtigen Termin in der Stadt. Für den „Waldspaziergang zu Pferd", wie Lotti das Rennen geschickt umschrieben hatte, konnten sie ihn nicht absagen – heute soll die Schiene an Paulas Bein abgenommen werden.

„Jeder Reiter verhält sich bitte fair!", ruft Herr Stiefel. „Auf die Plätze … fertig … los!"

Kleine Steine spritzen unter den Pony- und Pferdebeinen weg. Hufe sinken ins weiche Moos

ein. Sultan und Rieke setzen sich an die Spitze der Gruppe. Lotti und Wirbelwind halten Ausschau nach Goldstrahl und Silbertropfen. Die beiden Ponys haben am Morgen wieder ihre normale Größe angenommen und halten sich nun entlang der Strecke versteckt. Schneekristall wollte lieber nicht mitkommen, damit ihr strahlend weißes Fell im Wald nicht auffällt. Also passen nun Goldstrahl und Silbertropfen auf – falls sich jemand regelwidrig verhält. Und das passiert erstaunlich schnell!

Als Lotti und Wirbelwind an einem Schild rechts abbiegen wollen, fällt ihnen ein Sonnenstrahl mitten vor die Hufe und Goldstrahl tritt hinter ein paar Büschen hervor.

„Haltet euch links! Rieke hat eben das Schild umgedreht! Dafür habe ich sie mit ein paar Strahlen geblendet. Sie musste eine kleine Pause machen. Ihr könnt sie noch einholen!"

Oje! Lotti stöhnt. Das fängt ja gut an.

„Na warte!" Wirbelwind galoppiert los.

Lotti sitzt im Sattel, als hätte sie nie etwas anderes getan. Sicher, gekonnt, lässig. Ein perfektes Team!

Ruhig trabt Wirbelwind über eine Lichtung und schreitet zwischen Pilzen durchs Unterholz. Auch ein Bach und ein Stück Moor müssen durchquert werden.

An einer Wegbiegung will Wirbelwind gerade auf eine Anhöhe traben. Doch ein Donnerschlag lässt ihn anhalten. Silbertropfen tritt aus seinem

Versteck. „Nicht da lang! Wendet euch nach rechts, dann zur Wiese. Rieke hat das Schild gedreht. Pech für sie. Jetzt kämpft sie mit einem zufälligen Platzregen."

Als Lotti und Wirbelwind auf die Wiese zuschießen, sehen sie Rieke und Sultan. Genau über ihnen schwebt eine dunkle Wolke. Regentropfen pladdern so heftig auf die beiden, dass sie nur im Schritt vorankommen. Lotti kichert und galoppiert mit Wirbelwind an ihnen vorbei. Immer schneller jagt das magische Pony über die Wiese. An einem Schimmel vorbei, einem Fuchs, einem kräftigen Shetlandpony. Jeden Teilnehmer überholt Wirbelwind, bis Lotti und er schließlich als Erste im Ziel ankommen.

Gewonnen!

„Die Sieger des Tannenwald-Rennens heißen … Lotti und Wirbelwind", verkündet Herr Stiefel überrascht. Lotti beobachtet, wie Rieke endlich auch ins Ziel kommt. Klatschnass und ziemlich verärgert.

„Sie tut mir fast leid.
Obwohl sie so unfair war“,
flüstert sie Wirbelwind ins Ohr.

Mit einem breiten Grinsen im Gesicht hängt Herr Stiefel Lotti bei der Siegerehrung eine Medaille um den Hals. „Lotti Flieder, du bist wirklich eine Wucht!“ Liebevoll krault er Wirbelwinds Hals. „Und bei dir muss ich mich entschuldigen. Ist ja wohl klar, dass ich ein solches Pony auf keinen Fall verkaufen kann!“

Keine Siegesfeier

Als endlich alle Teilnehmer des Rennens und die Zuschauer weg sind, tauchen Goldstrahl und Silbertropfen auf. Vergnügt tänzeln sie Lotti und Wirbelwind entgegen.

„Sollen wir zusammen zu mir gehen?", fragt Lotti in die Runde. „Schneekristall weiß noch nichts von unserem Sieg. Bestimmt wird sie sich freuen."

Natürlich sind alle einverstanden. Lotti verwandelt Wirbelwind, Silbertropfen und Goldstrahl wieder in Miniponys und hebt sie in ihre Umhängetasche. Sie kann es kaum erwarten, Schneekristall vom Rennen zu berichten.

Lottis Eltern und Paula sind noch nicht wieder zu Hause. Nur Pünktchen blinzelt Lotti verschlafen an. Sie stellt die schmutzigen Stiefel in den Keller, zieht noch im Flur die Reitkleidung aus und frische Sachen an. Es ist gut, dass ihre Eltern und Paula noch nicht da sind. So kann sie in Ruhe Äpfel und Karotten klein schneiden. Das Festmahl für den Sieg beim Rennen. Mit dem Teller in der Hand und den drei Ponys in der Tasche flitzt Lotti in ihr Zimmer.

„Schneekristall!", ruft sie. „Wir haben gewonnen!"

Keine Antwort.

„Wo bist du, Schneekristall?"

Doch das Minipony steht nicht im Regal. Dort hatte Lotti es mittags zwischen ein paar Spielfiguren versteckt, falls jemand ins Zimmer gekommen wäre. Auf dem Schreibtisch ist die Ponystute nicht, auch nicht unter dem Bett.

Vorsichtig holt Lotti die drei Miniponys aus der Tasche und lässt sie auf den Teppich hinunter. „Ich kann Schneekristall nicht finden!"

Sofort galoppieren Goldstrahl und ihre Brüder los. Sie suchen in jeder Ecke des Zimmers. Lotti schlägt die Decke und das Kissen zurück, untersucht ihr Bett ganz genau. Doch das vierte Pony ist nicht da. Schneekristall ist verschwunden!

Epilog

„Wie konnte das passieren?", brüllt Griseo die verängstigten Diener und Soldaten an. „Wie konntet ihr das Mädchen und Goldstrahl entkommen lassen?" Wütend tritt er gegen den Thronsessel. „Ich brauche mehr Kobolde, mehr Dienstboten und Soldaten. Wir müssen die Wolkenponys einfangen."

Betreten sehen sich die Kobolde im Raum an. Jeder von ihnen weiß ganz genau, dass keiner im Land Lichtblau den alten Magier leiden kann. Keiner will freiwillig für ihn arbeiten. Griseo ist verschlagen, aufbrausend und immer ungerecht. Ganz anders als die eigentliche Königin, die Elfe Sisse. Aber die sitzt leider immer noch im Gefängnis.

„Wir werden uns umhören, Herr", erklärt der oberste Diener mit leiser Stimme.

„Umhören?" Griseo wendet ihm den Kopf zu. „Hast du umhören gesagt?" Er stampft mit dem Fuß auf. „Das reicht nicht, ihr Dummköpfe." Griseo verschränkt die Arme hinter dem Rücken und schreitet auf und ab. „Ich brauche eine Wahrsagekugel. Ich muss sehen, wo die Wolkenponys stecken. Und es gibt nur eine einzige Wahrsagekugel

im Land Lichtblau …" Ein fieses Grinsen breitet sich auf seinem Gesicht aus. „Bringt mir die Hexe. Zerrt sie aus ihrem Sumpfland und bringt sie zu mir. Sofort!"

Als die Diener aus dem Thronsaal huschen, reibt sich Griseo die Hände. „Ich kriege euch, ihr Ponys. Das verspreche ich!"

Barbara Rose ist Kinder- und Jugendbuchautorin und Journalistin. Über zehn Jahre lang hat sie sich Geschichten fürs Fernsehen ausgedacht und Sendungen für Kinder und Jugendliche im Radio moderiert. Inzwischen arbeitet sie als freie Autorin und kann das tun, was ihr am meisten Spaß macht: Bücher schreiben und daraus vorlesen. Sie wohnt mit ihrem Mann und ihren vier Kindern in der Nähe von Stuttgart.
Mehr zur Autorin unter: www.barbara-rose.info

Wie die meisten Mädchen wünschte sich **Jutta Berend** als Kind nichts sehnlicher als ein eigenes Pony. Doch aus irgendeinem Grund waren ihre Eltern nicht damit einverstanden, eines in den heimischen Garten in Ostfriesland zu stellen. Deshalb hat sie sich einfach ihre eigenen Ponys gemalt. Und Dinos. Und Drachen. Und, und, und. Auch heute tut sie nichts lieber, als Geschichten zu lesen und sich die Bilder dazu auszudenken. Jutta Berend lebt mit ihrer Familie in einer Wohnung in Hamburg. Ihre beiden Töchter dürfen auch kein Pony haben.

Wirbelwind

Wetter: Wind und Sturm
Edelstein: Bernstein

Schneekristall

Wetter: Schnee und Winterwetter
Edelstein: Bergkristall